CLONE

克隆日

左黄荣 ◎ 著

九州出版社
JIUZHOUPRESS

图书在版编目（CIP）数据

克隆日 / 左黄荣著 . -- 北京：九州出版社，
2019.4

ISBN 978-7-5108-7965-4

Ⅰ．①克… Ⅱ．①左… Ⅲ．①长篇小说－中国－当代
Ⅳ．① I247.5

中国版本图书馆 CIP 数据核字（2019）第 056424 号

克隆日

作　　者	左黄荣 著
出版发行	九州出版社
地　　址	北京市西城区阜外大街甲 35 号（100037）
发行电话	（010）68992190/3/5/6
网　　址	www.jiuzhoupress.com
电子信箱	jiuzhou@jiuzhoupress.com
印　　刷	武汉市卓源印务有限公司
开　　本	880 毫米 ×1230 毫米　32 开
印　　张	3
字　　数	65 千字
版　　次	2019 年 5 月第 1 版
印　　次	2019 年 5 月第 1 次印刷
书　　号	ISBN 978-7-5108-7965-4
定　　价	38.00 元

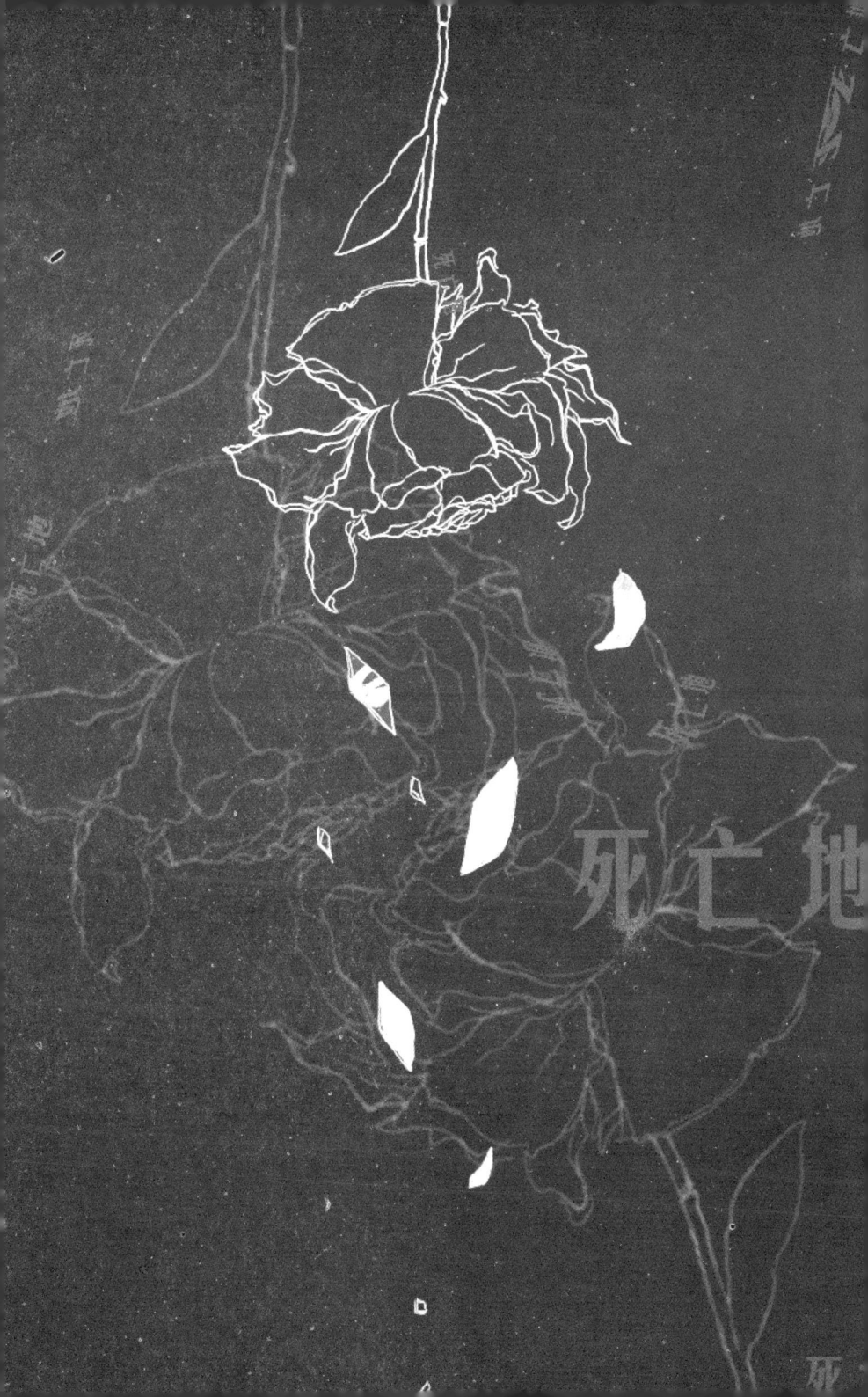

死亡地

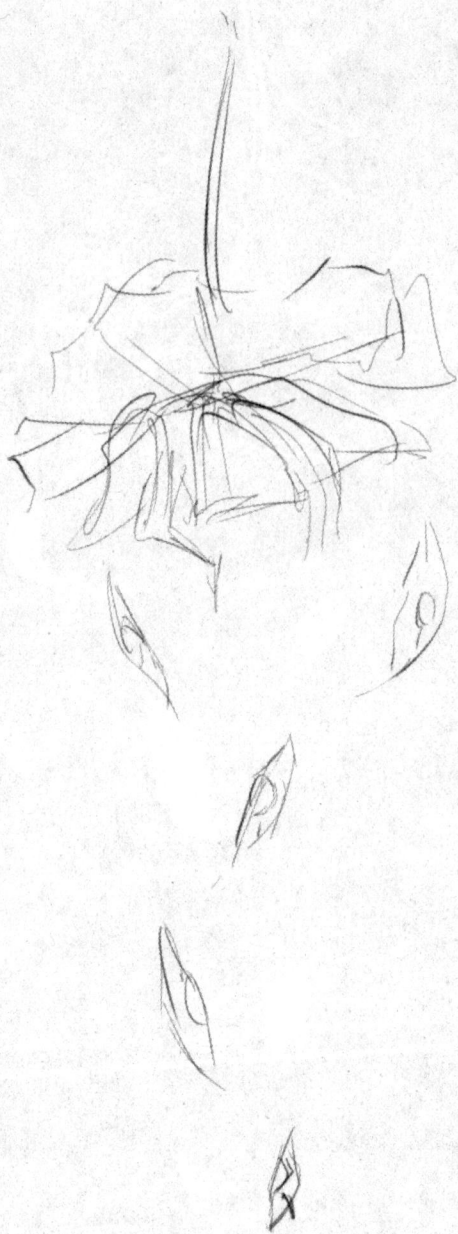

冰冻人

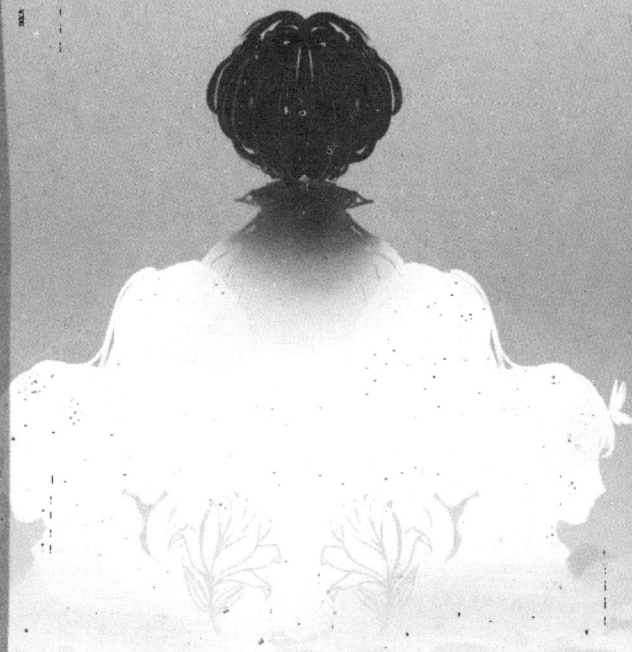

目　录

第一章
竞选者

海上水城。

一片蔚蓝色的大海，海水在阳光下折射出阴冷的光，巨大的城市群在浩瀚的海面上绵延，伸出远处。海天之际，是肉眼模糊可见的空间观测站。

A 城，120 号楼。

巨大建筑群中心，A 字 120 被周边楼群紧紧护卫在怀中，从楼层窗户上密密麻麻晾晒的被物可以看出这是一座居民楼。

时间是公元 2048 年。

国际空间观测站发出地球极寒风暴即将到来的消息后，环境每况愈下，越来越恶劣，北冰洋，大西洋……正在变成冰山，太阳仿佛耗尽了能量逐渐黯淡起来。

这一切让生活在 A 城，生活无忧的人们也感到了担忧，原本这个城市远离大陆脱离尘嚣，被大海拥抱过着恬静悠然的日子。

120 号楼，在大楼中间七层的一个窗户边，坐着一个小男孩，双手托腮出神地望着远处蔚蓝的海面。

"国际空间观测站最新消息，土卫二正在加速远离轨道，预计十年后就会和月球相撞……"

"全球空间应用署日前发出警告，极寒风暴可能会提前来袭……"

"俄罗斯水星开发计划遇到障碍，原本计划移民行动不得不取消。"

………

"妈妈，关掉它，我不想听到这些。"

"杰克，你应该试着去接受这一切改变，我们还要生活，对吗？"

小男孩的妈妈，一个身材惹火的美貌女郎轻轻说道。

小男孩杰克有一个幸福的家，父亲威尔在附近的研究所工作，母亲温蒂是酒吧服务员，每个周日威尔和温蒂都会带他去附近的水上乐园玩。

可是，这一切从上周起就改变了。

威尔开始没日没夜地加班，再也看不到身影，而温蒂上班的酒吧也停止营业了。

温蒂看着儿子，眼里露出歉意，本来她们答应这个周日一起去水上乐园，可是刚刚威尔打来电话，又不回家了。

"唉，真是个糟糕的周日。"

温蒂自言自语地说着，开始收拾起屋子，并且在琢磨晚餐怎么动心思，能让儿子和老公威尔高兴起来。

温蒂一直对自己的厨艺很自信，周日不出去的话，她打算弄一桌丰盛的晚餐。

晚饭时威尔回来了，一家三口围着饭桌，难得地欢声笑语起来。

"温蒂，我得到消息那个混蛋议员还要竞选市长，真是要命的消息，我们一定要阻止这个混蛋。"

"哦，那当然，我想 A 城的居民也不会让那个混蛋索罗斯竞选市长。"

威尔口中的混蛋索罗斯是空间观测站一个自大疯狂的科学家。正是从他那里源源不断发出那些令居民恐慌的消息。

"瞧瞧，这个该死的索罗斯，昨天还说极寒风暴可能马上就要到来了……"

"威尔，那个混蛋说的会不会是真的？"

温蒂放下手里的汉堡，有点不安地看着威尔，这个城市从内到外都在散发恐慌，让她不得不紧张。

"极寒风暴……呃，可能会提前……谁知道呢，让那个混蛋索罗斯见鬼去吧。"

威尔不愿意再提这个话题，今天是周日，尽管不能去水上乐园，但他还是给儿子杰克准备了很多节目。

"杰克，我们到房间里去吧。"威尔向儿子挤挤眼。

杰克立即高兴地跳起来，拉着威尔的手，父子俩跑了进去。温蒂笑着摇摇头，收拾桌上的餐具。

回到房里，威尔拿出了一个高尔夫球拍，这是杰克缠着要了很久的，威尔花了三百威士买了蓝鲸俱乐部最好的。

威尔和儿子杰克在房间里有说有笑时，A 城左方的市政厅传来了广播声音。

"市民们，晚上好，告诉大家一个好消息，明天索罗斯将会在梅德赛斯球场发表演说，竞选市长，请大家前去支持。"

"哦，那个混球索罗斯，明天就要竞选市长了？"

温蒂从厨房跑出来，吃惊地说道。

威尔看看儿子，杰克刚刚高兴的脸上笑容消失了，他愤怒地一拳砸在墙壁上，"见鬼，去他妈的索罗斯。"

"我会支持鲍比。"

威尔跳起来说，鲍比是他工作的研究所负责人，是一个和蔼可亲的老头，上周还和他们一起去打过高尔夫。

温蒂双手抱肩，看着威尔："那么，你有什么打算？"

"哦，见鬼，绝不能让那个混球索罗斯当选，他会毁了我们的生活，温蒂，明天我请假，我们一起去广场支持可爱的鲍比老头。"

威尔做出了决定。

A 城市政厅的广播也引发了全城市民的讨论。作为这座城市的最高掌权者，市长的人选竞争一直都很激烈。

威尔的老上司鲍比是个和蔼可亲的秃顶老头，他和研究所的其他同事一样都讨厌那个混蛋索罗斯，为了不让那个整天危言耸听吓唬人的混蛋当选，鲍比做出了竞选市长的决定。

露天广场坐落在 12 号楼的背后，足有三个足球场那么大，是 A 城最有名的一个地方。广场中央空中，巨大的全息投影仪日夜不停地播放世界各地的极寒灾难。

这里也是混蛋索罗斯和他的拥护者们经常聚会的地方。

威尔以前很少带儿子去广场，他和温蒂都不愿意让儿子听到那些可怕的消息。在他们眼里，一家人享受天伦之乐就是世界上最好的事。

一切都如传言那么糟糕，原来的市长竞选者参议员凯文斯被混蛋索罗斯说服，加入他的阵营，唯一的竞争者只有生物研究所的所长鲍比。

威尔带着儿子和温蒂来到广场，那里已经被狂热的人群堵塞了，人山人海，东面的演讲台上索罗斯正在向他的支持者发表演说。

"A城的市民们，极寒风暴正在加速来临，听我说，这绝不是危言耸听，联邦政府那帮家伙只会粉饰太平，我们愚蠢的总统先生只会和老婆在世界各地旅游……"

"索罗斯这个混蛋……"

威尔握紧拳头，和温蒂担心地看向儿子，担心他会注意到了索罗斯，幸好他们看到杰克只对广场周围的健身器材感兴趣，蹦蹦跳跳地跑过去。

"上帝啊。"

温蒂摸摸胸口，松了口气。

威尔在人群里发现了鲍比老头，可爱的鲍比老头被一群人围着，在广场的西面发表演说。

A城最大的《开拓者报纸》曾经形象地比喻过这场竞选，报纸最负盛名的专栏作家亨利说他们是激进派和温和派。

以索罗斯为代表的激进派每天都在发表危言耸听的坏消息，呼吁人们赶快为末日到来作准备。

温和派鲍比一方则选择对灾难忽视，呼吁人们照常享受美好的生活。

威尔看到在广场西边，鲍比的支持者已经打出了巨大的横幅"你选择灾难，还是选择快乐？"

专栏作家亨利曾经用一句话为两位竞选者结论：你们的身后，是整个世界的选择。

昨晚，威尔从广播上听到俄罗斯有很多人因为恐惧灾难而选择自杀了。他感到了前所未有的担忧。

威尔挤过去，鲍比老头在向拥护的人群看去，他看到威尔向他做了一个耸肩的神情。

"我亲爱的朋友们，我很高兴在这里看到了很多老朋友，事实证明他们都会站在我这边，对那个混蛋索罗斯说再见，去他妈的极寒风暴，我们大家受够了，我们只想过一个愉快的周日……"

威尔和人群拼命地鼓掌，越来越多的拥护者聚集在一起，有人向索罗斯的拥护者投掷酒瓶，石块……对方开始回击。

在场面变得混乱时，从市政厅响起刺耳的警笛声，一队全副武装拿着防暴盾牌的防暴警察赶来了。

温蒂护着儿子躲在一个角落，事情变得混乱，让她不得不小心谨慎起来。

很快，大批防暴警察赶来控制了局面，索罗斯的拥护者里面有一位前参议员，而他只需要轻轻说句话，警察就会保护索罗斯，

至于他们之间有没有肮脏交易，就不得而知了。

中午，广场上的人群越来越多，警察开始封闭周边街道，担心引发骚乱。

人群里，索罗斯在向拥护者承诺当选市长后的三大改变。

"A城的市民们，你们必须相信灾难马上就要降临，没有人能躲过，而我……索罗斯就要带领你们勇敢地去抗争，对抗这个灾难，直到胜利……"

"请问索罗斯，你会怎么做，会禁止人们外出享受周日吗？"人群里有人大声问道。

"是的，我会禁止你们娱乐，每个人都必须重视起来，直到市政府想出对付极寒风暴的办法，我将向联邦政府和国际组织求助，让他们帮助我们建造很多可以足够抵御极寒天气的房子……"

"啊，天哪，索罗斯居然要禁止娱乐，不许外出……这真是太可怕了。"

"索罗斯，你真是个疯狂的老混蛋。"

人群里传来一阵惊慌的喊声。

威尔看到妻子和儿子蜷缩在广场角落，有点惊慌地看着混乱的周围，赶紧跑过去，但是人群太拥挤了，这时有几个纹身的街道流氓正围向性感美貌的温蒂。

"走开，你们要干什么？"

温蒂察觉不妙，大声叫喊，希望引起周围人的注意，让那几个流氓收敛。

周围人看到了向温蒂逼近过来的流氓，都惊慌地躲开了，面对臭名昭著的Ａ城流氓，没有人敢去冒犯他们。

"威尔！"

温蒂惊慌地向威尔喊道。

威尔也看到了，气得肺都要炸了，妻子和儿子就是他的生命，他绝不能容忍他们受到伤害。

"温蒂。"

威尔大声喊着，拼命想从人群里挤过去，然而广场上人太多了，根本挤不过去，而且一眨眼，视线也被挡住了。

几个流氓逼近温蒂，嘿嘿笑着，调戏起她来，温蒂大声求救，然而别说周围人。就是近在咫尺的那些防暴警察也没有人向这边看一眼。

今天防暴警察的职责就是保护索罗斯，温蒂快要绝望了。

"住手，你们要干什么？"

温蒂身后响起了一声严厉的斥责，她回过头，立即高兴地喊道："布莱尔教授，救我。"

威尔生物研究所的同事，也是他唯一尊敬的教授布莱尔毫无畏惧地冲了过来，指着几个流氓大声斥责。

"温蒂，别怕，我来了。"

白发苍苍的布莱尔教授勇敢地挡在温蒂前面，护住了她。

"头儿，是布莱尔那个老东西，算啦，我们走吧。"

一个小个子流氓认出这个 A 城最有声望的教授，胆怯地对他们头儿说道。

"该死的老东西。"

流氓头子狠狠骂了一句，心有不甘，却还是走了。

第二章
教授的来访

布莱尔教授露出孩子般开心的笑容："温蒂，怎么样，他们都怕我这个老家伙。"

"教授，谢谢你救了我，威尔马上就过来了。"

温蒂感激地看着布莱尔，由衷地说道。

布莱尔教授是威尔最尊敬的一位教授，在生物研究领域具有十分卓越的贡献，和鲍比不同，鲍比喜欢关心周围的人和事，而布莱尔教授只关心学术。

开拓者报纸曾把布莱尔比作时代最伟大的教授，可是他本人却十分低调，从不参加聚会抛头露面。

十分钟后，威尔大汗淋漓地从人群里挤过来，布莱尔教授正拉着儿子杰克的手一起玩着旁边的健身器。

"布莱尔教授，真是太感谢了，你怎么也来凑热闹了？"

威尔对这位从不抛头露面的老教授感到好奇。

布莱尔教授耸耸肩："来看看老朋友，你们都在骂索罗斯这个混蛋，可是我却要说他是这个时代最有远见的科学家。"

威尔耸肩，才想起布莱尔教授和索罗斯是好朋友。

"布莱尔教授，你支持索罗斯那个混蛋竞选吗？"

"是的，我支持，索罗斯是个混蛋不假，可他是科学家，在做科学家该做的事情。"

"哦，天哪，难道我们的生活还没有被索罗斯那个混蛋搅得一团糟吗？"

温蒂失声叫起来，在他眼里和威尔一样，去他妈的极寒风暴，他们只需要周日外出，和平常一样娱乐。

"威尔，你应该清楚，国际空间观测站已经发出了最高级别的警告，三天前欧洲空间观察署撤离土星，这是前所未有的灾难来临的预示……"

布莱尔教授当然知道温蒂不懂这些，看着威尔的表情说道。

"那么，你是要支持索罗斯这个混蛋了？"

"是的，这一次他没有错，全人类必须联合起来对抗极寒风暴。"

布莱尔教授轻轻说着，目光看向远处发表竞选演讲的索罗斯，他当然不会告诉威尔，他已经给市政府写了封信，向他们说明 A 城需要索罗斯来领导对抗灾难。

广场上，防暴警察控制住了局势，鲍比的支持者和索罗斯的支持者被警察隔离，演讲结束后，两人将要去市政厅接受投票，结果会在晚上公布。

"走吧，威尔，去你家，好久没有好好品尝美味了。温蒂，你不会让我失望吧。"

布莱尔教授抚摸着杰克的头发，微笑着提议。

温蒂摊摊手："当然，教授，我会让你彻底忘了这个周日的不愉快。"

四个人离开广场，回来 12 号楼威尔的家，布莱尔教授以前经常来，每次温蒂都要做很多美味佳肴招待他。

晚餐很丰盛，温蒂使出了浑身解数，做了满满一桌子美味佳肴。

布莱尔教授一来就和杰克待在房间里，威尔走进去，看到布莱尔教授正在对着墙壁上的一副涂鸦出神。

"教授，我们可以去享受美味了吗？"

威尔打断了布莱尔教授的沉思。

"等等，也许你们可以先吃，让我再待一会儿。"

布莱尔教授摇摇头，他的目光始终没有离开眼前墙上的涂鸦。

威尔的目光落在了上面，这是儿子杰克信手乱涂鸦的，昨晚还被温蒂责骂了一顿。

这是一副很奇怪的画面，画面上模模糊糊到处都是水，中间有一个奇异的符号……

"杰克……"

威尔责怪的眼神看向儿子，温蒂已经不止一次告诉他不能在家里墙壁上乱画。

杰克似乎知道犯了错，咬着指头低下头。

威尔一脸茫然地问道："教授……这幅画？"

"哦，好了，我们去享受美味吧。"

布莱尔教授轻松地恢复了正常，微笑了一下，拉着杰克的手走了出去。

晚餐很愉快，布莱尔教授不断地夸奖温蒂的厨艺，并且答应以后每周都会来他们家里享受美味。

对这么令人尊敬的一位教授，威尔和温蒂当然是欣然答应。

送走布莱尔教授后，威尔回到客厅打开电视，找到了白天市政厅竞选的投票过程，竞选投票过程全程都是透明的，电视直播，不过要晚点播放。

直播过程完全如所料，索罗斯在那位参议员的帮助下轻松击败了鲍比老头，成功当选新市长。

"威尔，明天，我们的生活会不会有改变？"

温蒂穿着睡衣悄悄从卧室走出来，轻声问道。

明天起，索罗斯就会是新市长了，他会给人们的生活带来什么改变。

温蒂不知道，威尔不知道，同样，A城的无数市民也在今夜煎熬，不知道明天会是什么。

威尔拥住了温蒂，在她耳边呢喃地说："宝贝，去他妈的极寒风暴，让我们在一起吧。"

"哦，亲爱的，来吧。"

美貌迷人的温蒂反手勾住他，倒进了威尔怀抱里。

12号楼外面，A城璀璨的灯火点缀着城市，在海天之间闪耀。

三天后，新任的索罗斯市长就颁布了几条禁令，要求市民从即日起不能外出，停止一切娱乐，索罗斯除了密切关注国际空间观测站观测到的情况，还向欧洲一些国家以及亚洲的日本、中国等国家求助。

距离A城三百公里外的冈底斯山，高出地面八千多公里的主峰上，国际空间观测站正在高度紧张地工作者。

来自世界各地的科学家在精密的观测仪器前面，紧张地注视着地球的变化。

"红海，黑海……出现异常……"

"日本的富士山严重荒漠化……"

"底格里斯河，幼发拉底河断流……"

……

一道道消息从这里发出，向世界各地的科研机构飞去。这些消息第一时间全都是飞去各国的科研机构，那些普通人是不会第一时间获悉的。

对生活在A城的人们来说，完全想不到情况有多多么糟糕，人们甚至认为索罗斯在危言耸听，而在背后骂他混蛋索罗斯。

威尔去上班了，温蒂把杰克叫到客厅训斥了一顿，批评他不该在墙壁上乱涂鸦。

"杰克，你知道我们全家能住进12号楼有多不容易吗，这里的房子是世界上最坚固的，能抵抗包括地震在内的所有灾难。"

看着杰克，温蒂简直痛心疾首。

12号楼之所以特殊，就是因为它采用特殊结构，能抵抗所有突发灾难。换句话说，就是半夜突发十级地震也没事。

威尔在生物研究所工作，才住进了12号楼。

"妈妈，灾难来临时，地球会到处都是水吗？"

杰克忽然抬起头，问了一句。

温蒂愣住了。

"天哪，上帝啊，我做错了什么，宝贝儿子怎么会有这种奇怪的想法。"

"妈妈，我昨晚梦见我们家到处都是水……连卧室都是……"

"杰克，你在胡说什么？"

温蒂生气地喊了一声，她准备出去超市购物，原本打算带杰克，生气之下就让他在房间里待着，哪里都不许去。

出门后，温蒂发现今天街上变得异常安静，几条狗孤独地在游荡，超市老板科尔宾看见她就叫苦。

"亲爱的温蒂，那个该死的混蛋索罗斯，刚上任就颁布了禁令，不许人们外出，都在家里待着，这简直太疯狂了。"

"你知道，温蒂，我就是靠超市为生的，现在人们都不出来了，我的生意怎么办……该死的混蛋索罗斯。"

肉乎乎的科尔宾喋喋不休地向温蒂抱怨着，仿佛世界末日要来了一样。

"但是，科尔宾，我买点甜点和肉脯，得赶快回去，麻烦你能不能快点。"

温蒂不耐烦地说道，她早就受够了超市老板的喋喋不休的抱怨。

从超市出来，市政府的广播正在播放一个消息，今天晚上将有台风来袭，让市民都待在家里，不要外出。

天黑时，威尔回来了，告诉温蒂所有的人都被放假回家，晚上将有强台风。

吃过饭，威尔和温蒂一起动手把房子的窗户和所有透风的地方重新加固，杰克一直待在房子里在纸上乱画着什么。

睡觉前，威尔接到一个电话，是布莱尔教授打来的。

"威尔，我正在海边的度假公寓里，准备迎接台风，如果有什么惊喜会告诉你们的。"

"教授，你疯了，这个时候去海边公寓，难道不怕晚上的强台风？"

威尔一下子跳起来，吃惊地问道。

台风就是从海上刮起的，明知道今晚有强台风，教授还去海边公寓，这不是胡闹吗？

布莱尔教授在电话那头笑着说："别担心，我约了老朋友，威尔，你们一定想不到是谁。"

"是谁？"

"索罗斯。"

听到索罗斯的名字，威尔脑海里闪过一个念头：两个疯子。

没等威尔把电话挂上，就听那头啪地一声，什么东西碎了，再无一丝声音了。

"教授……"

威尔和温蒂相视一看，全都脸色苍白了。

凌晨，台风如期而至，袭击了Ａ城，威尔和温蒂躺在床上听到外面山呼海啸，天崩地裂一般，如同末日。

天亮后，人们走出家门，发现街上的一切都不见了，被台风刮走了。街上除了警察，看不到一个人影。

威尔疯了一样给布莱尔教授打电话，却打不通。

市政府的广播发出通知，Ａ城所有的工作单位全部放假，所有人待在家里不许外出。

接下来威尔和温蒂给自己所有的亲人朋友拨打电话，询问他们的安危，得到确切消息后，才放心了。

这场台风虽然摧毁了街上的一切，却并没有人丧生。

这个周日，威尔和温蒂一直在围绕怎么过争论得不可开交。

威尔要继续带他们一起去外面过，像以前那样玩。

"听着，威尔，我感觉索罗斯那个混蛋说的也未必都是危言耸听，或许，我们都该做好迎接灾难的准备。"

温蒂被哪场台风吓到了，变得相信索罗斯，忐忑地看着威尔说。

"温蒂，别担心，相信我，索罗斯那个混蛋同纽约那些政客一样，他们这样做是为了某种目的，鬼才相信什么极寒风暴……听我说，我答应了儿子周日去海边打高尔夫。"

"哦，上帝啊，亲爱的，你确定要去，这简直太疯狂了。"

温蒂叫起来，她知道儿子杰克缠着要去海边打高尔夫，威尔工作忙一直推脱，现在威尔的研究所放假了，他可以有时间带儿子去那里了。

虽然担心，深爱儿子的温蒂终于还是动心了，她跑到阳台上看到街上有很多行人散步，放下了心。

早饭后，温蒂换上漂亮的衣服，拉着杰克和威尔，一家人出了门，开车去海边。

杰克念念不忘的蓝鲸高尔夫俱乐部就坐落在海边，一路上杰克抱着高尔夫球拍。一脸期待。

"爸爸，等下去那里，你会教我打高尔夫，对吗？"

"杰克，爸爸爱你，当然会亲自教你打高尔夫。"

威尔疼爱地看着儿子说道。

两个小时后，车到了海边的蓝鲸俱乐部，蓝鲸俱乐部是 A 城最有名的高尔夫俱乐部，威尔以前每周都会抽空来玩。

下车后，威尔看了看四周，果然是受到索罗斯那个混蛋的影响，往常热热闹闹的俱乐部显得很冷清，只有为数不多的人在玩。

威尔刚走进去，俱乐部的经理就笑容可掬地迎过来。

"威尔先生，欢迎你光临鄙处，请进里面，您非常幸运，今天正好是俱乐部成立百年庆祝，我们可以为您免单，请放心玩。"

"哦，是吗，这真是太好了，温蒂，我们的儿子今天可以痛痛快快地玩一天了。"

威尔没料到这个意外的惊喜，掩饰不住喜悦，向温蒂眨了眨眼。

"哦，那当然是太棒了，这真是一个愉快的周日。"

温蒂高兴地说，作为居家过日子的女人，听到俱乐部免单当然很开心。

威尔带着儿子杰克去场上打高尔夫，温蒂慵懒地打开太阳伞，躺在海滩上晒日光浴。

这个午后，一切都是那么惬意，美丽的海滩，温暖的阳光。

半小时后，威尔回到温蒂身边，在她身边躺下，舒服地长吁了一口气。在他们不远处能看见的地方，杰克一个人正在打高尔夫。

"亲爱的，我们的儿子真是天才，我刚教了他一会儿，他已经完全会打了。"

"哦，那太棒了，威尔，也许我们的儿子就是这方面的天才，看来我们得考虑是不是送他去某个俱乐部学习打高尔夫。"

温蒂看着远处的儿子，轻声思考着说道。

第三章
小白鼠

威尔的儿子杰克出生后两年不会说话，智力低于同龄人，让他们为之一度担心，直到杰克五岁后，又莫名其妙地恢复了。

经历过这一段，现在温蒂和威尔对儿子杰克更是格外用心。

布莱尔教授终于打来了电话，说他有急事要找他们，威尔告诉教授自己在海边。

挂上电话，威尔说："亲爱的，布莱尔教授就要来了，还答应要和杰克打两把。"

"哦，那太好了，威尔，我们应该带点酒和肉，那样就可以在海滩上烧烤了。"

"真是不错的主意，可惜我们忘带了。"

威尔对这主意也很赞同。

"威尔，教授刚才说有急事找我们，会有什么事？"

温蒂有点忐忑，虽然周围一切正常，但这冷清的海边总让人不安。

威尔摇摇头，刚才电话里，布莱尔教授似乎有重要事要和他们谈，听得出来很着急。耸耸肩，他看了看远处的道路，如果布莱尔教授路上不堵车，大概两个小时应该就能到这里了。

温蒂戴上耳机，听着优美的音乐，威尔拥着她，两人一阵热吻。远处的海浪一波一波地轻轻拍打岸边，轻柔舒缓，真是一个美好的下午。

时间很快过去了，意外的是布莱尔教授的车并没有出现，威尔有点意外，在他印象里布莱尔教授是一个十分守信的人，答应别人的事从来不会食言。

难道布莱尔教授在路上出了什么事？

威尔突然一惊，刚要拨打电话，电话却来了，一看正是布莱尔教授的。

威尔拿起电话，听筒传来一阵忙音，接着是断断续续的声音。

"……威尔……一切都来不及了……末日……杰克……"

啪，听筒里清脆的一响，似乎什么东西倒下去了，一切都无声无息了。

"布莱尔教授，发生了什么？"

威尔吃惊地跳了起来，心里猛地一沉。一丝不祥的预感涌来。

"喂喂，布莱尔教授……喂喂……"

威尔扔下电话，对惊慌失措的温蒂喊道："温蒂，快去找杰克。"

但是当温蒂跳起来，看着周围突然惊叫起来，在他们周围不知何时悄悄笼罩上了一层迷雾。迷雾就像从地上突然冒出来，一下子就包裹了四周。

"温蒂，快，快去找杰克。"

威尔大喊着，向着迷雾里冲去。

温蒂惊慌地跳起来，就在这一瞬间，先冲入迷雾的威尔已经看不见了，四周全都是迷雾，听不到一丝声音。

"索罗斯那个混蛋说的真的来了？"

温蒂在被迷雾吞噬的最后一刻，绝望地想道。她知道一切都完了。

突如其来的迷雾吞噬着 A 城的一切，房屋，超市，市政府，广场，海边……没有人能逃脱。被迷雾吞噬的人绝望地狂奔，乱撞，一会儿就纷纷倒地死去了。

市政府的广播里面刚传出一句："市民们，马上回到房子里……"就没有下文了。

A 城遭遇了一场前所未有的浩劫，半小时后，一切都停止了。

不知过了多久，小男孩杰克睁开眼睛，他惊恐地发现周围都是白茫茫的液体。

这是哪里？

惊恐和不安笼罩着小男孩杰克，一切都太突然了，就在半小时前他还和爸爸威尔一起愉快地打着高尔夫。

几分钟后，小男孩杰克恢复了意识，发现自己除了全身无力，无法活动外，思维很清楚。

"我被人救了？"

这是小男孩杰克涌上来的第一个想法，他拼命挣扎叫喊，但在液体里却完全徒劳。一番挣扎不但于事无补，还让他更虚脱，不得不放弃了。

小男孩杰克只记得自己和爸爸妈妈一起在海边游玩。突然涌起迷雾，然后一切都不知道了。

半天后，小男孩杰克终于弄清了自己所处的环境，他被人浸泡在一个透明的容器里，里面都是液体，散发浓浓的药味。

天哪，这到底是怎么回事？他怎么会在这里。爸爸妈妈他们在哪里？

小男孩杰克拼命地弄出声音，想出去，但在容器里，他的一切努力都是徒劳的，很快他就疲惫地沉沉睡去了。

小男孩杰克醒来时是第四天，身体明显恢复了一些，他能清楚地感应到容器外面的动静，每隔一段时间，似乎有人就会来一次，仔细观察他的情况。

恐惧，害怕，却又无能为力，这对发生的一切完全不知道的小男孩杰克来说，犹如地狱般的煎熬。

他不知道海滩上到底发生了什么，爸爸妈妈哪里去了，为什么自己会被人放在容器里。

在小男孩被放进容器的第十天，他终于有力气发出了愤怒的喊声。

"喂喂……"

在他喊得声嘶力竭时，终于看到头顶的容器上方出现了一个白发苍苍的人头。

"快来看，他可以发出喊声了。"

白发苍苍的人说道，同时旁边出现了另一个满脸皱纹的老人。

"嗯，比我们预计的恢复的还要快，看来他的意志力很强。"

另一个人说道。

之后两个人就离开了。

小男孩杰克拼命地叫喊，却再没有人来，而他折腾了一番后，疲惫地沉沉睡去了。

这一次，小男孩杰克睡得更久，迷迷糊糊中他感觉到有人在用什么东西检测自己的身体，还有人做记录。

小男孩杰克终于意识到了，自己成了被人作为实验用的小白鼠。

半个月后，小男孩杰克再次醒来这一次他沉默了，没有再做徒劳无益的挣扎，而是冷静下来，观察周围的一切。

每天，都有人来检查杰克的情况，并做记录，那些人都是面无表情，像是看一只真正的小白鼠那样看着小男孩杰克。

半个月里，小男孩杰克的身体已经完全恢复了，他不需要进食，却感觉不到饥饿。杰克明白了浸泡自己的液体可能含着营养素，能通过身体被吸纳，维持生命。他的身体各种体征逐步正常，已经能在容器里做各种动作了。

容器里没有时间概念，杰克不知道外面是黑天还是白天，他每次醒来后过不了多久，就又沉沉睡去。

一天，小男孩杰克蜷缩着身体，忽然听到头顶上方有脚步声，他抬头一看，发现来的并不是以前那个人，而是一个穿着白衣的女人。白衣女人好奇地看着容器里的杰克，喃喃自语地说道："天哪，难以置信，他还活着，还这么强壮，史密斯教授真是个魔鬼。"

"史密斯教授，是他把我关进容器里的吗？"

小男孩杰克看着外面的白衣女人，在心里默默记着这个名字。他不明白那个叫史密斯教授的人为什么这样做？

白衣女人俯下身仔细看着容器里面的小男孩，脸上露出一丝不忍。

"喂，小白鼠，你能听见吗？"

半个月来小男孩杰克第一次听到有人和他说话，像是溺水的人抓到了一根救命稻草，内心一阵兴奋。

"哦，可怜的人，我不得不告诉你一些真相，不过这可能会很残酷。史密斯教授真是魔鬼，你是他实验的小白鼠，你的爸爸妈妈和所有人都死了，是史密斯教授救了你。糟糕，我又多嘴了，史密斯教授会怪我不该告诉你这些。"

白衣女人说完，检查了杰克的情况，然后抱怨说自己要去参加一个约会，走了出去。

小男孩杰克冷静地看着白衣女人走出去，眼角无声地流下了眼泪。爸爸妈妈都死了，天哪，究竟发生了什么？

十二岁的杰克完全清楚自己成了小白鼠，失去了爸爸妈妈，这个世界上再没有人会救自己了。

有一天，两个工作人员来检查小男孩杰克，一个对另一个说："丹尼尔，我想教授可能是对的，极寒风暴到来前，我们或许应该考虑的是更远的事。"

"莫里斯，难道你相信极寒风暴过后，还有人能活下来？"

"哦，那只有上帝知道。"

第四章
居民区

那场灾难对 A 城意味着什么，小男孩杰克已经不会知道了，他浑浑噩噩地活在容器里，生活的全部就是麻木地活着。

他经常会沉沉睡去，一睡就是很多天，工作人员换了好几批人了。

小男孩杰克现在最大的乐趣就是倾听外面工作人员的谈话。

这是他唯一能获得外界信息的途径。

渐渐地，小男孩杰克慢慢了解到外面的世界，A 城已经被灾难毁了，他被人救了，是幸运的，却又是不幸的。

小白鼠 1 号，是小男孩杰克在这里的名字，这是否意味着还有小白鼠 2 号？

半年后，丹尼尔和莫里斯成了小男孩杰克的固定工作人员，每天都会来检查他的情况。

丹尼尔是个酒鬼，每天热衷于各种珍藏的美酒，而莫里斯则喜欢沙雕，每个周日都会去海滩雕刻。

小男孩杰克发现，他们两人从来不讨论女人。

再次从沉睡中醒来后，杰克发现自己的身体骨骼发生了显著变化，喉结吐出，肩膀宽厚，不再是少年了，变成了青年。

半年前杰克还可以在容器里活动，现在却丝毫没有空隙了。

他心里唯一的疑问就是，那个救了他，却把他当小白鼠的史密斯究竟为什么这么做？

漫长难熬的时间里，这个疑问成了让杰克活下去的最大目标。

有一天，杰克在沉睡中被惊醒，发现了那个白发苍苍的史密斯教授。

是他，史密斯教授。

杰克一下子激动起来，死死盯着容器外面的史密斯教授。

"丹尼尔，不错，看来你的工作完成得很好，他完全恢复了，我想他应该出去，到外面生活了。"

"史密斯教授，谢谢您的夸奖，他恢复的真是太神奇了，看来我很快就不能叫他小白鼠1号了。"

"当然，你和莫里斯准备一下，明天就让他出去吧。"

史密斯教授说完看了一眼容器里的杰克，杰克清楚地看到，教授向他眨了眨眼睛。

史密斯教授走后，杰克兴奋起来了，他听得很清楚，自己要被放出去了，将要自由了。想到半年来的痛苦煎熬，杰克高兴地差点跳起来。

不过，杰克脑海里的疑问还在，他不能露出欣喜的样子，而是冷静地看着。

丹尼尔和莫里斯在把杰克从容器里弄出去，不断地抱怨容器太大了，并且打赌小白鼠1号将来会是个足球运动员。

"哦，他那么健壮，将来肯定会去踢足球，我敢打赌他会是个了不起的足球运动员。"

"好了，停下你的唠叨，我受够了，丹尼尔，快把他弄出来吧。"

莫里斯不满地说道。

很快，小男孩杰克出来了。

走出容器，杰克恍如隔世，丹尼尔和莫里斯也用奇怪的眼神看着他。

糟糕的是，杰克发现自己还光着身子，他只能无助地缩成一团，瑟瑟发抖。

"小白鼠1号，噢，不不，不能这么叫你了，现在你和我们一样了，1号，OK，这是你的新名字。"

丹尼尔耸耸肩，轻松地拍了拍杰克的肩膀，那样子就像多年不见的老朋友。

杰克真想朝这张脸上狠狠揍上一拳，不过他忍住了。

莫里斯翻开桌上的文件夹，看了一眼，说道："小白鼠，哦，不错，你被安排在B区12栋1号，对了，从现在起你的名字就是1号。"

莫里斯做了个搞怪的表情，看得出来他们两人试图让杰克放松下来，忘掉这里的一切，去迎接新的开始。

丹尼尔从桌上拿起一套衣服递过来："1号，换上新衣服，我会带你去新的地方。对了，现在起你自由了。"

杰克抓起衣服飞快地穿上，衣服不是很合适，颜色是蓝色，让他一下子想起海边，心情顿时沉闷起来。

丹尼尔似乎看出来了，拍拍杰克肩膀，说："走吧，我带你去新的地方。"

走出实验室，杰克惊讶地发现这个实验室是在地下，整个实验室共七层，全都在地下，而周围还有一座座高楼。

丹尼尔领着杰克来到一个V型摩天楼，周围是一座座摩天大楼，灯火通明，几乎看不到头顶。

丹尼尔边走边介绍，整个基地都建在地下，共分四个生活区，分别是 B、C、G、H、K 栋，基地周围被电网包围，任何人都无法离开。

BC 两片是普通人生活区，G 栋是管理人员居住，而 H 栋处在中心位置，是公共场所，哪里有学校、超市、医院、消防……一应俱全。

"对了，新人 1 号，K 栋是危险区，死亡区，记住千万不能去那里。除非史密斯教授允许。"

丹尼尔加重口气，向杰克强调了一遍。

杰克暗暗记下了，同时默默地在心里记忆周围的环境，跟着丹尼尔来到 B 栋大楼。在大楼的入口，两个全副武装的保安坐在那里，谨慎地盯着他们。

"道格，我们的新成员加入了，他是新来的 1 号。"

一个秃顶肥胖的高大保安探出头盯着杰克看了一眼，说道："丹尼尔，我接到通知了，新来的 1 号，很好，这是你的房门钥匙和门禁卡。"

道格轻松地向杰克打过招呼，把房门钥匙和门禁卡递给他。

杰克接过去，发现衣服上印着一个清晰的 1 号，这就是他今后在这里的身份了。丹尼尔耸耸肩，让他自己上去，道格和丹尼尔聊了几句，冲着准备离开的杰克喊了一句："新人，明天早上记得去教官罗林斯那里报道。"

"教官罗林斯？"

"对了，新人 1 号，从现在起你每天都要接受训练，直到什么时候教官让你离开，哦，上帝，那很残酷，祝你好运。"

丹尼尔做了个愉快的表情。

杰克上了电梯，来到十二楼，他的房间在十二楼 1 号，打开房门，杰克愣住了。

这是一个幽闭的空间，里面只有张小床，房间四周安着摄像头，里面的一举一动都被人监视着。

杰克站在房间里慢慢冷静下来，他知道此刻那个保安道格正在监控室看着他，慢慢地爬上床，睡了。

第二天清早，杰克还在沉睡就被外面的广播声惊醒："B区所有人马上去广场集合。"

杰克走出房间，看见从隔壁房间陆续走出来一个个少年，每个人的衣服上都印着编号，表情呆滞，木然地走出去。

杰克跟在后面，下了大楼，随着少年们来到中央的广场上，十分钟后，广场上已经聚集了数百名少年。

所有人的目光都看向广场前方，在那里一个身材高大的教官冷冷地注视着他们。

"B区的所有人听着，我是你们的教官罗林斯。三个月内，你们必须在我这里接受严格的训练，记住，在这里只有优胜劣汰，如果你们不能继续，就会被清除。"

罗林斯教官说完，冷冷地注视着眼前的少年，他冷峻的脸上毫无一丝表情，给人冷酷无情的杀气。

接下来，罗林斯介绍训练的内容，跑步、仰卧起坐、俯卧撑，都是高强度的体能锻炼。

数百名少年开始跑步，几十圈后杰克跑在前面，他在容器里浸泡了半年，身体骨骼肌肉发育得很好，体格强壮，跑起来毫不费力。

罗林斯的目光落在了杰克身上："新人1号，出列。"

杰克站出来，忐忑不安地看着教官，内心深处已经麻木，他清楚自己和容器里那个小白鼠并无区别，命运仍然掌握在别人手里。

罗林斯冷冷地审视了杰克一会儿，摸摸下巴，冷冷地挥手让他回去，接着宣布训练继续。

杰克继续木然地跑着，对他来说一切都是谜，自己为什么会在这里？他们是谁？外面的世界怎么样了？

第一百圈过去，队伍已经涣散，很多少年开始气喘吁吁，杰克仍然跑在前面，罗林斯冷酷的脸上毫无表情，冷冷地看着。

十分钟后，终于有一个少年支撑不住，哇地吐血倒下去了。

罗林斯吹了声口哨，很快两名保安跑过来将那个倒地的少年拖了出去。

跑步继续着，越来越多的少年倒下去，被拖了出去，罗林斯像魔鬼一样恶狠狠地看着他们，面无表情。

这天的训练，有十几个少年被拖走，训练场上的血腥味让所有人都惊慌不安。

罗林斯像猎人盯着猎物，看着惊慌的少年们，说："在这里只有优胜劣汰，你们要想留下来，只有训练，三个月我会让你们离开。"

说完，罗林斯让他们休息半小时，离开了。

罗林斯一走，刚才绷紧的少年们顿时松弛下来了，不安地纷纷小声议论起来。

"天哪，今天淘汰了十三个……"

"这些可怜的家伙，才得到自由，又被送到死亡区了。"

……

杰克看了看周围，每个人都和他一样麻木惊慌，他想起丹尼尔说过的死亡区，刚才那十几个少年是被拖到死亡区了吗？

这时，杰克身后一个少年拍了拍他肩膀说："你好，新人1号，我是艾伦。"

"杰克。"

杰克声音颤抖着说，这是他第一次听到有人问他的名字。

艾伦赞赏地看着他，说："杰克，你很棒，看来你很有可能熬过三个月，离开这个鬼地方。"

"艾伦，他们是被拖到死亡区了吗？"

"是的，这里的训练每天都会有人被拖到死亡区，每天都会有人死去……"

"噢，这太残酷了，这到底是为什么？"

杰克忍不住问道，内心充满了愤怒和对自己命运的担忧。

艾伦耸耸肩，摇摇头，这里的少年都和杰克一样，没有人知道他们为什么会在这里。每个人的记忆都停留在那场灾难。

杰克和他们只是从容器里的小白鼠，变成另一个笼子里的小白鼠。

第一天过去，杰克很快熟悉了这里的生活，每天广播都会通知他们，上午训练、吃饭，下午可以自由活动。但是在指定区域，而且区域是不定期变化的。

杰克感觉自己就像监狱里的囚徒，被人监禁起来，不同的是囚徒活着有方向，而他们则是盲目的。

每天，生活区的指定活动场所，少年们可以互相交流，学习，可以看书打篮球，看电影，不过，那些管理人员从不允许和他们接触。

每隔几天，少年们都会被带到一个特殊的地方接受检查，并注射药物，没人知道是什么。

基地管理严格，到处都是监控，杰克他们出现任何的情况，保安就会第一时间出现。

杰克甚至隐约察觉到，保安道格对自己格外留意，他每天的行动，似乎都在那个秃顶肥胖保安的视线里。

　　"新人1号，回到你的房间。"

　　这是杰克听到道格说得最多的。

第五章
逃　跑

　　一个月后，杰克完全熟悉了基地，并把所有能活动的场所熟记在心，暗暗做着准备。

　　杰克清楚，这里所有的谜团都在那些管理人员身上，但是他们根本接触不到管理人员。

　　少年们每天的活动都是集体进行，有全副武装的保安监视，不允许脱离视线。

　　每天都会有人死去，也会有新人加入，杰克虽然着急，却毫无办法，只能默默地忍耐着。

　　有一天下午，杰克去图书馆看书，下午可以自由活动，他一般都选择去图书馆看书，希望能从书里找到答案。

　　"1号，你可以帮我借一本书吗，《简·爱》？"

　　道格在门口叫住了杰克。

　　道格每天坐在保安室，对着监视器，也很无聊，他当然知道杰克要去图书馆看书。

　　"是的。"

　　杰克当然不敢拒绝。

　　道格明显对他更留意一些，他绝不能得罪这家伙。

　　道格写了张纸条交给杰克，愉快地挥手让他离开。

杰克到了图书馆，找了本书坐下，慢慢地观察四周。图书馆虽然可以自由活动，但是周围有监视的保安，禁止随意走动，只能安静看书。

杰克拿出道格那张纸条，趁人不注意偷偷地撕去了一半，然后走到窗口展示给里面打瞌睡的管理员看。这里规定管理员不能和少年交谈，窗口都是隔音玻璃。

管理员是个老头，费劲地看了半天，认不出来，但他认出道格的字迹，犹豫了一下，示意杰克进去。

安全门打开的瞬间，杰克猛地扑过去，掐住工作人员的脖子。

"告诉我，史密斯教授在哪里？"

杰克当然不会忘了史密斯教授，那个把他关在这里的人。

警铃突然响了，保安冲进来，用警棍打倒了杰克。

第二天，杰克被惩罚饿了三天，而道格违反基地规定，被清除了。

三个月后，杰克终于熬过去了。

罗林斯教官对杰克的表现很惊讶，站在场边审视着他，说："1号，你可以离开了。"

"我……可以离开了……"

杰克看着旁边的艾伦，艾伦和他一同熬过来了。

"杰克，哈哈，我们熬过来了。"

艾伦高兴地喊着，他们早已经听说，这里是基地最残酷的地方，离开这里接下来日子就好过了。

"1号，你们将会被送到莱斯纳教官哪里，继续接受新的训练。"

罗林斯恢复了冷酷无情的表情，冷冷说道。他吹了声口哨，立刻有两个保安领着杰克和其他人离开了。

一个小时后，杰克被带到了一个陌生的地方，四周黑乎乎的什么也看不见。不过他却感到一阵兴奋，因为这里快接近基地外围了，隐约可以看见周围的铁丝网。

　　杰克心头一阵按耐不住地乱跳，此时他们就像实验室里的小白鼠，毫无办法。

　　前面的黑暗中慢慢走出一个人。

　　"欢迎来到我的地盘。"

　　杰克揉揉眼睛，看清了眼前的男子，高大威猛，体格强壮，显然和罗林斯是同一类人。

　　"所有人听着，三分钟之内穿过前面的峡谷，到安全区集合，迟到者清除。"

　　莱斯纳冷冷地看着面前的少年们，说道。

　　唰地一下，巨大的探照灯照亮了前方，露出了一个峡谷地貌。

　　在所有人面前，是一个峡谷，杰克看向艾伦，两个人都露出忐忑不安的神情，前面对他们意味着什么？

　　喊声中，少年们全都迅速奔向峡谷，在进入峡谷的瞬间，跑在前面的杰克突然身子一震，慢了下来。

　　整个峡谷中，一道道冰冷的奇寒向他们涌来，寒冷彻骨，仿佛要刺透肌骨。跑在前面的一个少年发出一声惨叫，半分钟后就冻僵了，他保持着那个姿势，却僵硬了。

　　杰克痛苦地哼了一声，承受着难以忍受的奇寒，跑了过去。

　　峡谷外面是安全区，杰克勉强跑到那里，奇寒顿时消失了，他这才顾得回头看，上百名少年只有几十人跑了过来，其余的全都冻僵在了峡谷里。

　　他们死了。

　　艾伦挣扎着跑过来，瘫软在了杰克面前。

"艾伦，快站起来，你会没事的。"

"不，杰克……我快撑不住了……好冷……"

"别放弃，我们一起加油，好好活下去。"

杰克抱着艾伦冰冷的身体，目睹峡谷里冻僵的少年们，愤怒无比，为什么，这一切到底是为什么？

第二天凌晨，杰克就被警报叫醒，当少年们来到峡谷外面，看到莱斯纳教官已经等在哪里。

莱斯纳冷冷地看着他们，说道："你们昨天的表现很糟糕，记住，这里同样只有残酷的优胜劣汰。"

站在杰克身后的艾伦眼里全是绝望，他昨天差一点就冻僵在里面了。

"伙计，加油吧。"

杰克默默地在心里说道。

训练开始了，杰克咬着牙迅速向峡谷冲去，奇寒迎面扑来，身体瞬间温度降到冰点，血液停止流动，骨骼仿佛被冻僵了，窒息般的绝望感涌来。

杰克感觉连思维都不存在了，几乎是靠着残存的一丝意识冲了过去。

这一次，艾伦倒下去了。

他被冻僵了。

杰克瘫软在地上，木然看着后面峡谷里和艾伦一样保持着僵硬的姿势，却再也站不起来的少年们。

杰克已经看惯了死亡，麻木不仁，可是艾伦的死仍然带给他震撼。

莱斯纳教官是个冷酷无情的人，即便是每天都有很多人死在峡谷，他的脸上仍然看不到一丝怜悯。

死亡，在基地太平常不过了。

最初的痛苦熬过后，杰克终于挺过去了，他成了这批少年中最优秀的。每天都在重复着，一遍一遍穿越峡谷。

渐渐地，他的身体不再感觉冷，而是充满了力量。

这天训练结束后，杰克刚松了口气，莱斯纳走了过来，他脸上的表情很奇怪，盯着杰克看了一会，才说道："1号，你可以离开了，回实验室去吧，噢，上帝，真是不错，从来没有人能像你这样棒了。"

"实验室……不不……教官，我可以拒绝吗？"

杰克大惊失色，他当然不愿意再回到那个容器里当小白鼠。虽然现在也差不多，但毕竟还有自由。

"喔，喔，1号，看来你很不喜欢回实验室，不过凯迪是不会同意的，凯迪最喜欢做的事就是把你们这些小白鼠抓回实验室。"

莱斯纳说着，开心地哈哈大笑起来，完全无视杰克的恐惧。

"凯迪。"

莱斯纳朝远处大喊一声。

几分钟后，一个高大肥胖的保安摇摇晃晃地跑了过来。

"莱斯纳，是不起又有人要回实验室了？"

"是的，凯迪，他很棒，你送他回实验室，我想史密斯教授一定会有新发现。"

那个叫凯迪的肥胖保安嘿嘿笑着，挥着电警棍，走到杰克面前，打量着他。

"小家伙，跟我回实验室吧，如果你乖乖听话，就不会受苦，否则我会让你尝尝警棍的滋味。"

杰克冷冷地看着对方，知道他们要把自己送回实验室，一想到史密斯那个魔鬼，他心里就充满了愤怒。

无论如何，他都不能再回到那个糟糕的鬼地方。去他妈的，让实验室见鬼去吧？

凯迪晃晃悠悠地伸出手去抓杰克，杰克猛地趁他不备，一把夺过警棍，在凯迪身上戳了几下，啊啊惨叫声中，凯迪肥胖的身躯疼得弯下腰。杰克像灵敏的猫迅速向远处跑去。

"快抓住他。别让他跑了。"

莱斯纳教官也大吃一惊，顾不得管凯迪，向杰克追去。

杰克拼命地向远处跑去，他知道前面就是基地外围，只要跑到那里，就有机会逃出去。

呜呜呜，周围突然警报大作，生活区上空响起了广播的声音。

"所有人听着，马上回到房间里，所有人听着，马上回到房间里。"

从 G 栋大楼内冲出一队全副武装的保安，手持武器向峡谷方向扑来。

杰克拼尽全部力气跑出很远，把莱斯纳甩在后面，但他很快就绝望了，前面的大楼里冲出一队保安，向他扑来。

几分钟后，子弹打中了杰克，他倒下去一切都不知道了。

不知过了多久，杰克醒来了，睁开眼睛，绝望地发现自己正躺在一个巨大的玻璃容器里，周围都是液体。

玻璃容器前面站着两个人正在观察杰克情况，不断地往液体里面注射药物。

"丹尼尔，教授没看错，这小子确实很棒，我已经注射了85%的 OEPC，这小子居然没有排斥，天哪，太不可思议了。"

"莫里斯，他醒了。"

莫里斯忽然指着容器里的杰克说道，容器里杰克正看着他们，目光充满了愤怒。

丹尼尔耸耸肩，说："哦，他看起来很生气，看来我们得让他再多睡半个月了。"

说着，又往容器里注射了一支药物，杰克立即沉睡过去了。

在杰克沉睡后，史密斯教授来到了实验室，他认真看了一下丹尼尔和莫里斯作的记录，沉思着对他们说："三个月后，让1号回去，让他去 K 区。"

杰克回到生活区是三个月后，丹尼尔领着他来到了一个新的地方。

K 栋 —— 死亡区。

这里是整个基地最可怕的地方，杰克只知道那些训练被淘汰的少年都被送去了 K 区，无人生还。

没有人知道 K 区里面是什么样子。

在进入 K 区的入口处，丹尼尔露出畏惧之色，看着前面黑乎乎的大楼，说："1号，K 区是基地最危险的地方，也是最自由的地方。K 区里面没有管理，一切都是物竞天择，祝你好运。"

杰克用沉默回答，他虽然心里有无数疑问，但却知道丹尼尔不会告诉自己。

几分钟后，镇静了一下，杰克走进了 K 区。

此时，在 K 区一栋栋黑乎乎的高楼里，窗户里，一双双警惕的目光正盯着走进来的杰克。

"瞧瞧，又来人了，他看起来挺有力气。"

"珍妮，我敢打赌这家伙打架一定行，我们可以收了他。"

……………

在正对着入口的一座大楼的七楼窗口几个少年正在看着杰克谈论。

杰克走到大楼前面，立即感受到了周围的环境和外面不同，这里明显比外面寒冷，温度很低，要不是他之前在峡谷训练过，肯定受不了。

周围冒出来几个少年，向杰克围过来。

"喂，小子，加入我们白骨帮，我们可以保护你。"

一个高大强壮的少年指着杰克，大声向他说道。

"白骨帮？"

杰克疑惑地看着他们。

"不错，小子，我可以告诉你，要想在 K 区活下来，必须得有帮派，我们白骨帮可以保护你。"

另一个卷毛少年恶狠狠说道。

杰克还没来得及说话，大楼里冲出了几个少年，手持木棒，向那卷毛等人冲来。

白骨帮的人看到对方，顿时吓得落荒而逃，四散跑了。

第六章
死亡之地

杰克加入了珍妮的帮派，珍妮是一个美丽的少女，而她也和杰克一样经历了之前的残酷训练。

K区没有管理，里面的人除了像杰克一样被送进来，其他人都是训练淘汰的，或犯错的人。

里面有无数座大楼，这里的生态系统被控制在魔鬼三点钟。每天只有中午一点到三点外面可以活动，其他时间都是黑暗和寒冷。

所有人都必须待在大楼内，大楼里冰冷潮湿，没有灯光，每天中午会有飞机定时往每座大楼空投食物和水。争夺食物和水就成了里面的全部。

残酷的生存环境下，每天都有人死去。

珍妮的帮派只有三个人，霸占着K区入口处，这样他们常常能从那些新进来的人那里得到一点东西。

杰克身上空空，但他强壮的体格被珍妮看中，能打架。

杰克加入的第二天，就参与了一场打架。

珍妮帮派共有四个人，和卷毛一帮为争夺一把手电筒打架。杰克不负众望，狠揍了卷毛帮。

这次从实验室出来，杰克奇怪地发现自己的身体更加强壮有力，他越来越疑惑，史密斯教授究竟在搞什么？

晚餐时，珍妮欣赏地看着杰克，说："杰克，你很棒，看来以后我们帮可以狠揍那些人了。"

"当然，珍妮，我们不能总是待在这里，要占领更多的地盘。"

站在窗口观察外面的小个子道夫点头说道。

珍妮放下食物，注视着对面的一座黑乎乎的大楼，说道："奥，我们现在应该去对付野狼了，你们觉得怎么样？"

"当然，现在我们有了杰克，完全可以打败那几个混蛋。"

正在懒洋洋无所事事地躺着的科迪亚克跳起来，他是一个和杰克一样强壮的家伙。浑身的肌肉似乎在向人展示强大的力量。

杰克看向最后一个人，一个强壮的黑人，詹森。

珍妮一伙三个月前就霸占了这里，却无法再向周围扩张，原因就是对面大楼的野狼帮，死死地盯着他们。

珍妮和杰克一样都是在那场灾难后就到了这里，没人知道史密斯教授是谁，他们要干什么。

所有人都必须遵循这里的游戏法则，否则就会被清除。

"杰克，没用的，鬼才知道我们为什么在这里，我只知道，如果不听他们的就会死。"

珍妮向杰克耸耸肩，说道，她是个漂亮的女孩，但不知为何在杰克眼里却和男孩子一样，丝毫没有一丝爱慕。

"那么，我们可以从死亡区开始，寻找答案。"

杰克冷静地看着同伴，说道，内心深处，他从未放弃过寻找真相。

这里虽然危险，但却没有管理人员，他们可以去寻找答案。

整个针对野狼帮的计划讨论了两天，珍妮最终听从了杰克的建议，决定在凌晨行动。

凌晨不是死亡区的自由活动时间，外面会很寒冷危险，但同样也意味着出其不意。

野狼帮有六个人，实力强大，之前珍妮帮已经被他们打败过几次了。

两天后的凌晨，珍妮帮的人悄悄行动了，一出大楼，杰克就感觉刺骨的奇寒袭来，如果不是之前在峡谷训练，普通人根本承受不了这样的奇寒。

珍妮冲在最前头，杰克发现，女人似乎在这里失去了它应有的概念，没有一个人会去关注她们，所有人只在乎食物和资源。

珍妮帮艰难地穿过空旷地带，这个时间是不会有其他人的，所以不用担心，唯一要克服的就是刺骨的奇寒。

在死亡区，冻僵的尸体随处可见。快要到对面大楼时，糟糕的事情发生了。

小个子道夫痛苦地叫了一声，倒下去了，他的体力不支，冻死了。

珍妮低声吼道："别停下，快跑进去。"

他们必须快速冲过去，否则就会被冻僵，四个人来不及管道夫，迅速冲了进去。

珍妮脸色苍白，低声说道："杰克，跟着我，打败他们。"

杰克拿着一根木棒，跟着珍妮，冲了进去。

野狼帮的人还在睡梦里，他们做梦也想不到珍妮帮的人会冒着生命危险偷袭。

珍妮迅速打倒了两个人，野狼帮其余的人才醒来，但是他们不愧是这里最凶狠的一派，其余四人跳起来就和杰克等人打起来。

战斗进行得很快，杰克一个人就干倒了两个人，野狼帮的人知道现在逃出去也会被冻死，咬牙死战，全部都被珍妮打倒。

詹森残忍地把还有一口气的野狼帮人从窗户扔下去。

"哈哈，我们胜利了。"

珍妮挥舞木棒，兴奋地喊道，他们被野狼帮困在这里已经三个月了，打不过对方，毫无办法，终于解决了对手。

科迪亚克迅速冲进其他房间搜索战利品，手电筒，头盔，饼干，御寒的大衣……这些普通的东西在死亡区就是最珍贵的资源。

看到房间里一堆战利品，所有人都开心地欢呼起来，有了眼前这些，他们就有信心下一步的行动。

杰克唤醒了所有人内心深处的疑问和迷惑。

珍妮和其他人已经决定要继续进攻，直到占领所有大楼，寻找答案。

战利品的分配很艰难，因为寒冷，大衣和头盔是最珍贵的，珍妮要了头盔，詹森和科迪争起了大衣。

"蠢货，滚开，我打倒了两个人，这是我应该得到的。"

黑人詹森推开科迪亚克，想要夺过大衣。

科迪亚克丝毫不退让："嗨，你这个黑猪，我们这里到底谁才是老大，好东西轮不到你。"

"够了，你们这些蠢货，都给我闭嘴。"

珍妮冲着他们怒吼一声。

科迪亚克和詹森都不敢说话了，珍妮虽然是女孩，可是强悍的战斗力让每个人都畏惧。

在野狼帮的地盘休整了半个月后，四个人都养足了精神，开始计划新的战斗。

他们必须一座大楼，一座大楼地攻打，逐步扩大地盘，最终占领整个K区。

整个死亡区有无数个大楼，杰克知道要想全部攻打下去，不知道要到何年何月，但他们别无选择。

珍妮决定继续用上次的方法偷袭，并且再次取得胜利，一个月后，方圆数百米范围里的帮派都被他们清除了。

在新的地盘上，看着房间里一堆堆战利品，所有人都欢呼雀跃，庆祝胜利。

衣服、鞋子、帽子、食物……越来越多的战利品让他们几乎可以不用出去，在房间里待几个月。

珍妮在战利品中发现了一把匕首，惊叫起来，在这里他们可是无法接触到任何利器的。

她走到杰克面前，把匕首交给他："杰克，你很强大，这把匕首应该归你所有。"

"不不……还是归你吧。"

杰克推辞着说，事实上这几个月里他越来越体现出强悍的战斗力，每次打败对方都起着重要作用。

"杰克，拿着吧，我们还需要你，你完全配得上它。"

珍妮再次重复着说。

杰克看了看其他人，科迪亚克耸耸肩表示没意见，而黑人詹森则向他竖起了大拇指。

这里是死亡之地，优胜劣汰，每个强者都会受到尊重。

那天晚上，黑人詹森和科迪亚克喝醉了，醉醺醺地躺在地板上，珍妮也睡着了。

杰克躺在简陋的床上，翻来覆去睡不着，脑海里一遍遍地回荡着所有经历的一切，想找到答案，却完全一塌糊涂。

凌晨时，杰克刚要合眼，忽然被一阵响动惊醒。

"噢，糟糕。"

杰克跳下来，迅速向其他人房间冲去，他看到地板上的黑人詹森和科迪亚克已经被人扔下窗户了。珍妮正在和四个人打斗。

偷袭。

不过这一次，不是他们，而是对手。

杰克拔出匕首，挥舞着冲过去和珍妮并肩战斗。

他体内仿佛有无穷的力量，匕首飞舞，很快就把四个人全部打倒，扔出窗口，救出了珍妮。

"杰克，他们偷袭我们了，可怜的科迪亚克和詹森……"

珍妮喃喃自语地说着，悲伤地看着窗口，在哪里，她亲眼看到科迪亚克和詹森被扔下去了。虽然这里死亡很普通，但毕竟相处了这么久，她很伤心。

杰克的视线落在珍妮肩膀上，他看到了渗出的鲜血。

"噢，珍妮，你受伤了。"

珍妮肩膀被木条刺穿了，鲜血正在流出，她旁若无人地脱下上衣，用布条止血，完全裸露着胸口一对乳房。

杰克看着那里，心里很平静，丝毫没有一丝波澜。

这一刻，他突然意识到了，自己的身体再也不是灾难前的那个杰克了。

灾难前的那个小男孩，知道女人的诱惑。

现在的杰克，面对珍妮裸露的乳房，完全失去了感觉。

"杰克，你在想什么？"

珍妮抬头问道，她脸上的表情很困惑，完全找不到女人的羞涩。

杰克明白了，在这里是没有男人女人分别的，所有人都失去了感觉。珍妮大概是已经忘了，而杰克却还能想起灾难前的零碎片段。

"该死的史密斯教授……见鬼去吧。"

攥紧的拳头，狠狠一下砸地地面上。

第七章
冰冻人

死亡之地。

半年后，珍妮和杰克已经占领了死亡区三分之二，在残酷无情的生存竞争中，他们逐渐变得更加强大起来。

K区，一座废弃的摩天大楼。

寒冷和黑暗一如既往地笼罩着周围，在这里，时间的概念变得不那么重要，除过每天中午空投食物的时候，其他都是浑浑噩噩。

每次战斗间隙，杰克和珍妮轮流睡觉，补充精力，他们的身体越来越强大，已经足够抵御外面的严寒了。

杰克和珍妮都知道，进入死亡区的人，从来没有人活着回去，他们能幸免吗？

黎明前，刚经过一场战斗，大楼里堆满了很多战利品，衣服、罐头、长矛……

珍妮在战利品里面找了半天，找到了一块手表，高兴地跳起来。

"奥，上帝，这里有块手表，杰克，你需要吗？"

"珍妮，你要吧，我不需要。"

杰克摇摇头，他正盯着对面一座黑乎乎的大楼在观察。

三天前，他们就攻占了这座大楼，休整一番后准备向下一个地方进发。可是杰克却发现对面的大楼很奇怪。

"珍妮，我想我发现了什么，那座大楼里一定有秘密。"

"杰克，为什么？"

珍妮凑到窗口，用缴获的一个望远镜望着对面楼上，杰克在那里发现了一些奇怪的人，他们穿着厚厚的生化服出没，看起来不像是来自死亡区的人。

"好奇怪，那些人好像不是死亡区的人……"

杰克按捺不住兴奋，他内心深处无时不在渴望真相。

"奥，上帝，他们穿着生化服，我敢打赌他们是工作人员。"

"珍妮，你觉得他们会是基地的工作人员吗？"

珍妮放下望远镜，看着杰克，脸上的表情变得凝重起来，他们之前从未听说过死亡区有工作人员。难道眼前的大楼里有基地的人？

杰克把一块饼干递给珍妮，这里没有女人的概念，他们之间没有男女间的感情，有的只是纯粹的战斗友谊。

杰克思索着，很快做出结论："珍妮，那里一定有什么秘密。"

他说完，很快兴奋起来，和大多数死亡区的人不一样，杰克自从来到这里起，无时无刻不在想着寻找答案。

他和珍妮一样都渴望找到这一切背后的原因。

他们为什么在这里？那些人到底是谁？史密斯教授对他们做了什么？还有外面的世界怎么样了？

这些疑问让杰克越来越难以平静，变得焦虑不安，他绝不愿意这样糊里糊涂死在死亡区，最终完成小白鼠的使命。

很快珍妮和杰克就决定明天凌晨攻打对面的大楼，珍妮用轻松的口吻说："太好了，杰克，我想那里面一定有不同，我已经迫不及待想去看看了。"

"当然，珍妮，我们已经占领了死亡区三分之二的地方，我想我们也快要找到真相了。"

杰克充满信心地说道。

珍妮跳起来立即在战利品中找了一个长矛，准备明天战斗。

半年多的残酷战斗，让杰克和珍妮都积累了丰富的战斗经验，她知道哪种利器更能很快杀死敌人。

讨论了一会儿后，珍妮去睡觉了，杰克担任警戒，站在窗口警惕地观察四周的动静。

半年前那次被人偷袭，两个伙伴死去后，杰克和珍妮就再也没有犯这种错误，轮流休息，轮流警戒。他们现在有缴获的大量战利品，甚至不需要中午去外面拣空投。省去了很多危险。

第二天凌晨，当死亡区还沉浸在寒冷和黑暗中，珍妮和杰克悄悄地出动了。

两个人出了大楼，向对面的那座楼摸去，半年的残酷战斗，让他们完全知道该怎么利用一切时机。

不管对面大楼里是不是基地的人，凌晨都是他们防守最薄弱的时候。

一口气穿过大楼前面的空旷地带，黑暗掩护着他们，迅速跑进了对面的大楼里。

杰克冲在最前面，手中挥舞着一根木棒，珍妮紧跟着他，向大楼深处冲去。

意外的是，杰克和珍妮没有遇到敌人，一路冲到了大楼的第四层，那里是昨天他们望远镜发现有人的地方，可是，却人去楼空。

"他们去哪里了？"

杰克迅速和珍妮检查了一下四周，看不到一个人，昨天那些人全都不见了。

"杰克，怎么办？"

珍妮紧张地问道，他们心里已经在猜测那些人是不是和他们一样，也选择这个时候去攻打其他人了。

"珍妮，我们应该去检查其他地方。"

杰克冷静地说道。

珍妮也冷静下来了，两个人迅速向其他楼层检查起来。

当他们跑上六楼时，意外地有了发现，打开一个房间门后，两人都震惊了。

房间门打开，在他们面前呈现出一副震撼的场面。

微弱的曦光下，一面宽大的玻璃墙后面，是一个个冰冻室，清楚地看到每个冰冻室的门上都写着一个名字。

"道格，詹森，道夫，卷毛……"

一个个熟悉的，死去的名字。

杰克和珍妮看着眼前的一切，心里受到强烈的震撼，几乎失去了思考。

"天哪，这到底是怎么回事，詹森和道夫……他们不是死了吗……怎么会在这里？"

"珍妮，我不知道，我想有人把他们的尸体冰冻起来了……"

"奥，上帝，这太疯狂了，为什么，为什么会发生这样的事？"

珍妮完全被震惊得语无伦次了。

这完全出乎杰克的意料，死去的道格、詹森、道夫、卷毛……甚至还有以前那些少年，每一具尸体都被冰冻在这里了。

"天哪，这太可怕了……"

"杰克，发生了什么事，这到底是怎么回事？"

珍妮惊慌地问道。

就在他们思维完全混乱，惊慌失措时，忽然大楼内响起了警报，可怕的警报声响起来了。

杰克和珍妮吓了一跳，其他楼层有人迅速赶来，他们只好逃走了。

出了大楼，只听整个大楼警报声响成一团，附近的大楼里惊醒的人纷纷向杰克和珍妮投掷石块、瓶子袭击。

杰克咬牙拉着珍妮，拼命逃回他们的地盘，珍妮被一块石头砸中，头上鲜血直流。

逃回大楼，杰克惊魂未定，完全被刚才的一幕震惊了。

那些死去的人的尸体居然被冰冻起来了，为什么？

这一切背后隐藏着什么？

半小时后，周围一切都安静下来了。

珍妮简单包扎好伤口后，来到杰克身边，杰克正紧张地用望远镜观察对面大楼。

对面大楼内那些穿着生化服的人来来往往，大楼入口出现了全副武装穿生化服的人。一切都说明，那座楼内是基地的人。

"杰克，这到底怎么回事，卷毛、道夫他们的尸体怎么会在哪里？"

珍妮完全茫然了。

杰克摇摇头："是基地的人，基地的人把所有的死去的人尸体都冰冻起来了。"

谁会想到死亡区，背后竟然隐藏着这样大的秘密。

那些死去的人，包括训练中死去的少年，全都被冰冻在这里。

这个意外的发现，让杰克和珍妮震惊之余，没有再继续行动，而是留下来观察。

对他们来说，只要能接触到基地的秘密，无论付出什么都愿意。

大楼里有很多战利品，杰克和珍妮暂时完全不用担心食物，他们占据顶楼，加强戒备，其他人轻易也攻打不上来。

杰克站在窗口，又一次看向对面大楼，每天都能看到对面大楼里那些穿生化服的人活动。他相信自己正在逐渐接近真相。

一周后，杰克和珍妮决定继续行动，冰冻人的出现让他们意识到，死亡区并不是像他们想象的那样，还有很多秘密。

这里的战斗，杰克已经熟悉了，他们继续采取凌晨偷袭战术，很快就向前又扩展了几百米。

这天战斗结束后，留下了一个俘虏，叫威廉姆斯，威廉是个小个子怕死的男人，原来的帮派溃散了，见到他们求他们带走他。

"杰克，带着他吧，我们的力量会更壮大。"

珍妮考虑了一下，提议道。

杰克点点头，他们越来越快走到死亡区的尽头了，冰冻室的发现让他们不得不更加小心谨慎，也需要更多的力量。

午餐后，杰克和威廉轻松地聊起了天。

难以想象，威廉已经在死亡区十年了，最初也是像杰克一样一步一步逐渐攻打到这里的，威廉是个胆小的人，幸亏他的队友强大，一路打到这里。

"杰克，我在这里十年了，十年了……"威廉姆斯感慨地说道："每天都是无休无止的杀人……不知道为什么在这里，也不知道明天会怎样？"

他们只是基地眼里的小白鼠，没人会在乎他们的生命。

威廉姆斯和队友两年前就来到了这里，在这里他们也发现了那个冰冻室，却无法找到答案。

而威廉姆斯的三个队友在一次被敌人偷袭中死去了。

失去了队友，威廉姆斯一个人只有苟活，躲藏起来，饿得快撑不住了。

"杰克，这里快到了死亡区的尽头了，只要走到尽头，我们就有可能离开。"

威廉姆斯看着杰克和珍妮，眼里重新燃起了希望的火花。

事实上，杰克和珍妮一直也都坚信，只要走到死亡区尽头，就有机会找到出口，离开这里。

冰冻室的出现，让杰克隐约意识到死亡区，或许也是基地的一个实验区。他们所有人仍然没有脱离小白鼠的命运。

威廉姆斯的家在 A 城最南面的海边，他和杰克一样都是在海边被迷雾困住，然后被人救了，糊里糊涂就来到了这里。

"威廉，你还记得海边，那场灾难吗？"

杰克问道，那场灾难已经在他脑海里留下了无法磨灭的烙印，无数次在梦里，他都能想起那一幕。

对杰克来说，永远无法忘记的是爸爸威尔和妈妈温蒂的音容笑貌……

"杰克，我当然不会忘记那天，那真是个糟糕的中午……我们全家人正在用餐，突然出现了迷雾，然后就什么也不知道了。"

"威廉，你知道他们为什么要这样对我们吗？"

杰克问道。

威廉姆斯摇了摇头，他和杰克一样，什么也不知道。

珍妮叹了口气，走进去睡觉去了。这个坚强的女孩从来没有向杰克说过她的事，她来自哪里，关于灾难的事。

她只是坚定地和杰克一样，想揭开所有的答案。

一年后，杰克来到死亡区的第二年，他们终于走到了死亡区的尽头。

两年的残酷战斗磨炼，杰克成长为了一个强壮无比的男人，隆起的肌肉显示他的力量。

他成为了一个真正强大的男人。

但严格意义上，杰克已经不算男人了。因为他失去了男人最重要的一点，没有了欲望。

这里的男人，女人都失去了人类的本能，没有欲望，只有强大和力量。

第八章
水中逃生

死亡区的尽头，一片废墟。

杰克曾经无数次想象过这里，黑暗寒冷，充满死亡气息，伴随着未知的恐惧。

站在死亡区尽头，他们看到的却是一片废墟，看不到高楼，看不到灯光，看不到基地的人，无尽的黑暗和绝望。

"上帝耶和华说过，黑暗的废墟中，将升起火之光，主啊，保佑我们吧。"

威廉姆斯用手在胸口划着十字，喃喃地说道。

"死亡区的尽头？"

杰克和珍妮，威廉姆斯互相对视着，三人都感到了不安。

两年来，杰克曾经不止一次地想象这一幕，死亡区的尽头通向外面的世界，到了这里，就可以活着离开了……

"基地……"

珍妮喃喃说道。

杰克忽然明白了，他们仍然是基地手里的小白鼠，除非基地放了他们，否则永远都是试验品。

短暂的沮丧之后，杰克和珍妮，威廉姆斯还是决定往前走，永远不要停止脚步。

三个人就在周围休息了几天，同时观察前面的废墟情况，却发现前面的废墟里，空投不见了。

　　"糟糕，空投不见了。"

　　威廉姆斯喊道。

　　没有空投，意味着缺乏食物，显然要前去，肯定会面临饥饿的威胁。

　　"杰克，怎么办？"

　　珍妮看向杰克，两年来，遇到重要抉择，珍妮都会听杰克的意见。

　　杰克缓缓地思索着，过了一会儿，他抬起头坚定地说道："我会继续前行，你们愿意继续吗？"

　　"我愿意。"

　　听到杰克的话，珍妮毫不犹豫地说道。摆在他们面前的现实是，继续前行可能会饿死，但留在这里，永远就会困在死亡区，随时也会有生命危险。

　　两个人都看向威廉姆斯，那个胆小的男人脸色变得难看，艰难地咽了口唾液，说道："奥，没有空投，那太糟糕了。说不定明天起来我们就会饿死……上帝啊，我还是留在这里吧。"

　　"威廉，勇敢点，我们不能停下，得继续向前进。"

　　杰克鼓励道，与其在这里等死，不如冒险前进。

　　但是威廉姆斯拒绝了，他最终选择留下，宁愿在这里躲藏起来，也不愿意很快就因为没有食物饿死。

　　杰克和珍妮无法说服他，只好放弃了。

　　第二天，杰克和珍妮准备了很多食物，带着长矛上路了。

　　前面是看不到尽头的废墟，一片黑暗，他们小心翼翼地踏上了这片废墟。周围黑暗，寒冷，比死亡区的环境还要恶劣，杰克感觉到快要接近训练的峡谷了。

幸好他们此时的装备豪华，戴着帽子，穿着厚厚的大衣，两年多的磨炼已经能不费力地适应环境了。

在这样恶劣的环境下前行非常艰难，半天后，他们才行进了几百米，两个人都快冻僵了，不得不停下来补充体力。

珍妮拿出饼干，和杰克边吃边聊着，他们必须不断讨论，才能驱赶走内心的恐惧和无助感。

"珍妮，我们可能撑不过三天，如果就要死了。你会后悔这个决定吗？"

吃着饼干，杰克问道。

"奥，杰克，我当然不会后悔，既然留下来也会是死，我们为何不去尝试呢？"

"珍妮，我们可能就要死了……"

杰克沮丧地叹息着，他心里还有无数的疑问，但这些都不重要了，面临的危险，可能撑不过三天了。

珍妮大口地喘息着，寒冷使得她蜷缩起来，看着无尽的黑暗，陷入了沉思：

珍妮本来有一个幸福的家，爸爸妈妈都是公职人员，生活悠闲，她清楚地记得那个中午，一家人正在海边度假，突然的迷雾吞噬了他们……

珍妮醒来，和杰克一样就在容器里了。

她心里和杰克一样，充满了疑问。

然而，一切都快要结束了，所有的疑问永远也不会知道了。

"快看，珍妮，那是什么？"

这时杰克忽然指着前面发出亮光的地方喊道。刚才两人又累又饿，没有留心观察，杰克忽然发现远处有亮光。

突然的发现让他们一阵兴奋，顾不得多想，立即向前面跑去。

二个小时后，两个人已经到了亮光发出的地方，顿时惊呆了。

在杰克和珍妮面前，是茫茫的一片水域。旁边有一个醒目的标志牌，写着："出口。"

"珍妮，是死亡区的出口……"

杰克惊喜地喊道。

整个死亡区被困着无数的人，每个人都在寻找出口，想离开这里，却从没有人找到。

没有人会想到死亡区的出口在废墟里。

杰克跳起来，和珍妮高兴地眼泪都要笑出来了。

"杰克，我们找到出口了……"

"是的，我们就要离开这里了，让死亡区见鬼去吧。"

那场灾难后，杰克和珍妮就被关在容器中，浸泡在水里，足足半年。此时，水对他们来说，已经具备了特别的意义。

巨大的喜悦包围着两个人，杰克和珍妮冷静下来后，继续补充能量，吃完饼干，他们把身上带的东西精简了一下，做好准备，毫不犹豫地向水域走去。

杰克在喜悦之余，心里也带着一丝不安和忐忑，因为他们不知道眼前的水域有多大，他们的体力仅能支撑三天，如果三天后还不能走出去，同样会饿死。

不过，对于已经看到希望的杰克和珍妮来说，他们已经顾不得想那么多了。既然留下来是死，何不拼一拼。

杰克和珍妮跳下水，向远处游去。

入水的瞬间，两个人心里都是一沉，他们身体接触到水域的瞬间，就感觉到了刺骨的寒冷，这里的水和外面的寒冷差不多，看来支撑不到预想的一天。

杰克暗暗咬了一下牙，珍妮已经向远处游去，他赶紧追了上去。

　　寒冷，黑暗，杰克整个人感觉浸泡在死亡的气息中，窒息般地难受。

　　这种环境下，换作普通人估计连十分钟都支撑不住。杰克和珍妮的身体对水和寒冷已经适应，才能勉强抗住。

　　尽管如此，半小时后，杰克感觉身体已经在逐渐麻木，他必须不断地挥动手臂，竭力保持体内血液循环，才能抵御。

　　珍妮虽然是女人，身体强壮却完全不输杰克，她游在前面，丝毫没有退缩。

　　杰克和珍妮都知道他们没有退路，只能咬牙苦撑，游过去就会活下去，否则就会被淘汰。

　　整整一天，杰克和珍妮拼命地向远处游去，

　　快到天黑时，珍妮终于熬不住了，比起杰克，她终究是女人，长时间的体能消耗下，耗尽了最后一丝力气。

　　杰克只看到前面的珍妮在水里挣扎了一下，就沉下去了。

　　她甚至没来得及说一句话，就这样死去了。

　　几乎整整一天，珍妮都拼命游在杰克前面，可惜，最终没能抗住。

　　"珍妮……"

　　杰克泪眼模糊，在心里大喊一声，心痛欲割，但此时根本容不得他多想，只能咬牙拼命地向前游去。

　　天黑后，杰克终于游出了水域，出水的刹那，他再也没有力气，瘫倒了下去。他的手脚因为在水里超负荷运动，全都麻木，失去了知觉。

　　不知过了多久，杰克清醒过来了，他看到面前是一个黑暗的大楼，瘫倒在地上，整整在水里游了一天，体力完全透支，此时的他只剩下一口气了。

半个小时后，杰克稍微恢复了一些，他又累又饿，慢慢地向那座楼内走过去。

杰克走进大楼，沿着一条通道走下去，他心里一片平静，珍妮的死让他清楚地意识到了处境，生死已经无所谓了。

沿着长长的通道走了很长时间，杰克在通道入口停下来，露出震惊的神色。

通道口的牌子上写着：实验室。

上帝啊，这里就是杰克最早被关的地方。

实验室！

他回到了原点，抑或说是仍然没有摆脱小白鼠的宿命，这一切仍然是别人的安排。

愤怒涌上了杰克心里，他咬牙看着前面的入口，一阵阵悲哀。

他就像一只孤立无援的小鸟，命运可怜地任人摆布着，屈辱地活着。

可是，比起那些死去的人，杰克却又是幸运的，他活下来了。

之后，杰克坚定地向实验室入口走去，既然如此，一切都无所谓了，他逃脱不了命运，干脆坦然接受，看看最后会怎么样。

"1号，欢迎回到实验室。"

门口的保安室，走出两个高大的保安，向杰克说道。

保安带着杰克穿过一道道防护严密的门，来到了最初关杰克的地方。还是那个熟悉的环境，熟悉的地方，巨大容器里装满了液体。

站在工作台前的一个人转过身："1号，欢迎回来。"

是丹尼尔。

"上帝啊，亲爱的 1 号，你是第一个从这里走进来的小白鼠，欢迎回家。"

丹尼尔说完，两个保安再次把杰克关进了容器里，杰克没有反抗，凭他现在的强大完全可以反抗，但他已经麻木了。

杰克知道，就算他打倒两个保安，还会有其他更多的保安，自己根本逃不脱。

他亲眼看到死了那么多人，早已经麻木了。

丹尼尔愉快地吹着口哨，给容器里注射了一些药物，很快杰克就沉沉睡去了。

杰克睡后，史密斯教授来到了这里，两年过去，他仍然白发苍苍，他来到杰克面前，仔细观察着。

"他是个奇迹……丹尼尔，我敢打赌这一次我们成功了……"

"史密斯教授，你是说这一次我们能成功？"

"嗯，我相信上帝不会让我们失望的，丹尼尔，明天给他再注射百分之八十的 CJR，浓度再大点。"

"好的，教授，我会照办。"

丹尼尔说完，史密斯教授就走了。

容器里，杰克沉睡着，他蜷缩在角落，强壮的身体在药水里沉浸着，他不知道外面发生了什么。

杰克这一次沉睡，整整过了半年，半年里他一直沉睡着，丹尼尔按照史密斯教授的吩咐，不断地往容器里注射药物。

丹尼尔和莫里斯轮流记录杰克每天的变化，两人不再抱怨，而是高兴地看着。

时间如梭，半年后，有一天杰克终于睁开了眼睛。

"莫里斯，他醒了，快去通知教授。"

守候在容器前面的丹尼尔兴奋地喊道，他自己则目不转睛地观察着容器里的杰克变化。

　　容器里，杰克的身体变得更加高大强壮，原本坚毅的目光冷峻，深邃，冷冷地看着外面。

　　几分钟后，史密斯教授匆匆赶来了，他仔细观察了杰克一会儿，说。

　　"杰克，从现在起你自由了，祝贺你获得新生了。"

第九章
教授的秘密

杰克走出容器，茫然地看着所有人，完全不明白发生的一切。

史密斯教授走到杰克跟前，伸手抚摸他的肌肉，微笑着说："杰克，从现在起，你自由了，再也不用被关进容器了。"

······

"杰克，你一定很疑惑吧，丹尼尔，带杰克去洗澡，吃过饭后把他带到我的办公室。"

史密斯教授轻松地向丹尼尔挤出一丝微笑，他看起来心情很好，露出孩子般顽皮的笑容。

说完，史密斯教授就走了出去。

丹尼尔走过来，拍了拍还一脸茫然的杰克肩膀，说："杰克，跟我走吧，我带你去洗澡，洗完澡吃饭，你现在一定有很多问题要问吧？"

杰克茫然地点点头。

"杰克，等你吃过饭，史密斯教授会向你解释这一切的。"

丹尼尔领着杰克离开实验室，杰克惊讶地发现，他们没有去B栋，而是去了G栋，基地管理人员居住的地方。

杰克像做梦一样看着丹尼尔，简直不敢相信自己的眼睛，没错，丹尼尔正领着他走向去G栋的路上。

揉揉眼睛，杰克感到无法相信，史密斯教授的话还回荡在他的脑海里。

"杰克，从现在起，你自由了。"

…………

踏上G栋地盘的瞬间，杰克就察觉这里的环境比之前居住过的生活区恶劣多了，这是一个寒冷世界，堪比在那片茫茫水域。

不过此时的杰克，完全已经适应了寒冷，轻松地跟在后面。

丹尼尔把杰克领到一个房间里，那个房间里有热水，等他洗完澡，吃过饭，来到了中央一个高大的大楼里。

史密斯教授正在房间里等他，一进门，教授就激动地站起来说："杰克，欢迎你加入我们的大家庭。"

"史密斯教授……"

杰克犹如在梦里，仍然不敢相信自己的眼睛，死死地盯着史密斯教授。

两年来，杰克无时无刻不在恨着这个把他关进容器里的教授，可是此刻，他茫然了。

他注意到了，进门的一刻，史密斯教授就站起来，给他让座，完全是对待客人的态度。

"杰克，你还记得过去的那场灾难吗？"

杰克点了点头，坐在办公室舒适的椅子上，他有一种做梦的感觉。

"那场灾难死了很多人……"史密斯教授用沉重的语气说道："杰克，灾难后很多人都死了，A城所有人都死了，是我们在海边救了你……"

随着教授低沉的语调，一个让人意想不到的事情真相才浮现了出来。那场灾难死了很多人，但对人类来说只是预警，更可怕的是很快就要到来的末日水劫。

末日到来时，地球上将到处都是洪水和寒冷，没有人能幸存。

史密斯教授一直在竭力为末日水劫做准备，几年前史密斯教授就通过改造基因，成功地让他和助手们能在末日严寒下生存。

但即将到来的末日水劫，让教授深深地为普通的人类命运担忧。因为他知道，到了那一天，没有人能幸存下来，地球将毁灭。

这就意味着，人类文明将彻底被摧毁。

史密斯教授当然不愿意看到人类的命运，于是他制定了一个计划，开始改造普通人的基因，希望找到能让普通人度过末日水劫的办法。

史密斯教授和助手在Ａ城海边的地下建立了庞大的实验基地，那场劫难发生时，他救了很多和杰克一样的少年。

接下来，杰克所经历的一切，都是史密斯教授和助手在完成这个庞大的计划。

而最终只有杰克一个人经过了严酷考验，成功地走了出来。

对史密斯教授和他的助手来说，意义太重大了。

"杰克，你现在明白了吗？"

当把这一切解释完，史密斯教授用手指轻轻敲着桌面，和蔼地问道。

杰克看着史密斯教授，心里如释重负，却又充满了愤怒。

不管怎样，史密斯教授让他经历了永生难忘的痛苦和折磨，杰克短时间无法接受事实。

"杰克，我知道你在恨我，可是你要明白，这一切都是为了全人类，为了更多的人活下去，一切的一切……将来有一天，你会理解的。"

……

"如果我们在末日水劫到来前不能改造人类基因，到时候就会全部死亡，那是真正的人类文明毁灭。"

"史密斯教授，难道那些死去的少年，他们的生命不值钱吗，让你的这个灭绝人性的实验见鬼去吧。"

杰克愤怒地吼道，他无法忘怀两年来死去的那么多无辜的少年。

史密斯教授也许是对的，可是他却害死了那么多无辜的少年。

他是魔鬼。

史密斯教授沉默了一刻，等待杰克情绪稳定下来，酝酿着感情，缓缓说道："杰克，你别担心，我想你已经在死亡区看到了死去的那些人尸体，他们并没有真正死亡，而是被冻僵了。我的团队在日夜不停地研究，总有一天会让他们全部活过来。"

杰克愣住了。基地里所有犯错误的人都会被送往死亡区，大部分人都是被冻死在里面，史密斯教授原来早有安排。

一切的一切，真相，却又那么残酷。

史密斯教授站起来，动感情地说："杰克，你对水有独特的感觉，这是我的实验成功的一个原因，或许，冥冥之中早已注定，人类不会灭亡。"

"每当人类面临灭亡时就会有英雄站出来拯救世界。杰克……你就是英雄。"

杰克木然地看着教授，心里一团混乱。

史密斯教授继续说道："杰克，你一定听说过布莱尔教授，他是我的朋友，其实他之前也在研究末日水劫……可惜，他死在了那场劫难中。"

劫难来临时，史密斯教授和助手在海边救了很多少年，为实验做准备。而大量成年人来不及救都死去了。

杰克难过地叹口气，提到布莱尔教授，让他想起了那场劫难，死去的父母。

史密斯教授说完这一切，知道杰克需要时间去理解，站起来离开了。

杰克在办公室里坐了很久，脑子里一团混乱，最后终于慢慢理清了事情的全部过程。

他心里说不出是什么滋味，恨史密斯教授，恨他把自己变成了一个失去欲望的男人。却又恨不起来。

……

杰克走出去，丹尼尔迎上来，他一直在外面等着，看到杰克他狠狠地捶了杰克一拳，说："小男孩，你终于长大了，走吧，我领你去你住的地方。"

杰克跟着丹尼尔，来到了新的住处，这里的环境完全是模拟末日水劫，他完全感觉不到压力，证明史密斯成功了。

现在的杰克，完全能适应末日水劫到来。

杰克新的住处里面布置得很优雅干净，所有的生活用品一应俱全，房间里放着优雅的音乐，桌上一杯奶茶还散发着热气。

丹尼尔走后，响起了敲门声。

打开门，杰克看到一个漂亮的白衣女人站在门外，笑盈盈看着他。

"你好，我是丽莎，新人1号，你还记得我吗"

白衣女人调皮地笑着问道。

杰克定定地看着，认出了她是自己在容器里见过的那个女工作人员。

丽莎是基地的心理医生，是史密斯教授让她来安抚杰克的。

杰克摇了摇头，他不需要心理医生，一切真相都大白了，他说不出自己是喜悦还是麻木。

"请转告史密斯教授，我只有一个心愿，想再看看珍妮和威廉姆斯。"

"哦，死亡区那个勇敢的女孩……可惜了，她没有挺过去，杰克，我会转告教授，请你一定要坚强。"

……

两天后，杰克回到了死亡区。

四名全副武装的保安保护着他，再次踏上这片死亡之地，杰克的心里却完全掀不起波澜了。

一切都结束了。

对普通人的基因改造成功后，已经不需要再实验了，史密斯教授和助手正在关闭清理死亡区，活下来的人再也不用担心了。

威廉姆斯。

杰克现在最担心的是他活着吗？

杰克轻松地走在死亡区，丝毫感受不到寒冷了，他的身体已经被改造得和基地所有人一样，能适应严寒了。

前面就是那座冰冻死人的大楼。

杰克按捺住内心的激动，慢慢地走了上去。

大楼里，穿着厚厚的生化服的工作人员正在做关闭前的最后工作。很快他们和那些冰冻的尸体一起，都将永远地离开这里了。

杰克快步走进了冰冻室，玻璃门打开的瞬间，他冲了进去。

一个个熟悉的名字……道夫、卷毛、道格、詹森……威廉姆斯……

威廉姆斯还是没有熬过去。

忽然杰克的眼睛一下子睁大了。

珍妮！

她蜷缩在冰柜里，脸上露出疲惫的神色，眼睛阖着，神态很安静。

"珍妮"

杰克眼泪忍不住夺眶而出，他抓着玻璃，第一次感到撕裂般的痛。

一个保安惊喜地转过头，对同伴说道："他还有情感，快告诉教授，或许新的希望也要来了。"

那个保安定定地注视着杰克的神情变化，点了点头。

两个保安清楚地看到，杰克对所有的死人只是痛心，而在珍妮面前却露出一丝微妙的情感。

基因改变了的杰克能适应末日水劫环境，但是遗憾的是没有了欲望，失去了对女人的情感。

史密斯教授当然不满意，正在夜以继日的研究，想让杰克找回男人。

杰克转身，对着惊喜的保安说："我们回去吧。"